Canary Note

カナリアノート

本質的な次元

An Essential Dimension

東郷 禮子

カナリアノート

本質的な次元

An Essential Dimension

はじめに

いま、人は、地獄の釜の淵で右往左往するばかりの状況に晒されている。人々の基底部にあった人倫といえるほどのものは、淡い陽炎のようなものになり、この状況自体がこれまでのどんな言説も世界と人々を変えるに到らなかったということを証明している。人々は個々の内にある明るいもの、真摯なものを破壊され、純真さそれ自体が罪であるような社会に放り出されている。この現実を生きる人々が更なる叡智を磨き上げなくては人も社会も滅びる。そのような危機感から、長い間、自己省察のノートであったものを一冊の本としてここに刊行することになった。

著者

断章1

言葉は、自らによってしか満されない。言葉が個々の内部で満たされたとき、言葉は、個人にとっての独自の精神の源、エネルギーの源になる。

＊人は自分という個の器を自ら育てつつ「言葉」に意味を満たしていくのであり、教育も本も他者との出会いも、この本人の自覚と自省がなければ個々の言葉の意味を満たすことはできない。それぱかりか、泡沫のような、記号のような、情報伝達の手段となった巷にあふれる言葉は、人の存在の根本にあるものを見失わせるデマゴーグの道具として機能する。

＊そして、一人一人は、一般的な言葉の背景の中にある多層的な経験に出会いつつ、言葉の意味を深め、新たな意味を孕んだ言葉を時代のなかに解き放つ役割を荷なう。

＊人によって経験される言葉の意味は多義的であり、重層的である。人は個々に与えられた時間と場所と環境のなかで、個別的生の葛藤と経験の中から、ひとつの言葉に内在する多義性と重層性を学んで

いく。

＊

また、個々の経験とともに成長した言葉は、人と社会にたえず関わり、事象そのものに大きく関与することになる。最終的に、言葉は一人一人によって満たされ、この地上に実態をともなったものとして着地する。

＊

それゆえ、あらゆる抽象概念を言葉で言い表そうとする人は、自己の実存に真摯に向き合い、自己の実存に明晰であることが求められる。さらに、その抽象概念に切実であることも要求される。そうでなければ単に言葉として発せられた抽象概念は、曖昧不確かなものであるにもかかわらず、別のものに姿を変え、ある種の権威的な磁場を形成し、時代と社会そのものの停滞に加担する。

＊

「足らぬ存在である人」は、その不足を真摯さと努力によって補ってきた。正直で真面目であるという徳目は、何にも代えがたいものであり、人の美しさを形作っている源泉ともいえる。しかし今日では、この徳目は愚鈍な人の持ち物として馬鹿にされがちである。だが、成長し続ける言葉は、この個人の徳目と一体である。どのように言葉を華麗に操ったとしても、個々におけるこの真摯さがなければ言葉は個人によって満たされることがない。

＊

さらに、抽象概念を言葉にできるほどの人は、良くも悪くも時代を作ってきた。ひとつの例を上げるなら、埴谷雄高の晩年に書かれた『死霊』の文章の多くは言葉の内にある既成概念が、氏によって容認されたままの言葉で構築されている。それゆえ、埴谷の晩年の言語はある既成の次元に固定され、それを容認する人々の共通意識と繋がり、その曖昧性の下に社会の既成の磁場と融合しつつ、ある種の権威を補完することになった。このような言語の帯びている曖昧な概念の固定化こそが、社会を閉塞状態のなかに放置し、地上の現象の諸々を壟断《ろうだん》してきたのだ。そして、公にされた言語は明晰ならざるものを他者に察知させることで、埴谷においても、その功罪両面を社会のなかに起立させることにもなった。

＊

つまり言葉は、他者の言葉に内在する意識までも汲み取りながら、自己の内部で磨かれ、人の人格を形成する。言葉が自己の内部で満たされたとき、言葉はそれぞれにとって独自の精神の源、エネルギーの源になる。そして、言葉に内在する一種の秘儀性が個々によって明らかにされたときに、言葉は、まさに剣よりも強い力を持つことになる。

断章　２

人が人に関わるということは、相手の一分を身に帯びるということである。

＊ それは、そのときに相手が身に帯びている運命と実存そのものと触れ合うということであり、それにわが身の一分を添わせるということである。よきものであればこの関係は、「夫婦」「親戚」など制度による既存の関係を超え、さらに深く、個人に限定された「生の範囲」を拡大させ、新たな世界のコミュニケーションを築き上げることができる。

＊ 人は他者の一分を身に帯びることにより、初めて「自分」という限定された存在の壁を超えていくことができ、それは、別の宇宙を知ることと同じである。

＊ これはいわゆる「同質化」という考え方とも、「対」という考え方とも違う。不断に変化し続ける自己と他者が、その時々の魂を相手に晒すことにより見えてくる次元のものであり、人の本来的コミュニ

ケーションの在り方ともいえる。

＊

またそれは、ある意味でお互いのアイデンティティを形作っている意識という刃の下に身を晒すことでもあり、その覚悟さえあれば、人は人に出会いつつ自らの限界を超えていく。そこで初めて、人は、自分が「個別的に生を受けた意味」を知ることになる。そして、個々が多種多様の価値観を持ちながら、ひとつの社会のなかで生きているという現実の意味を知ることになる。

＊

このようなコミュニケーションを他者と持ちえたとき、人は、すべてのものを独り占めしたいなどという欲望や、互いの持ち物を比較し、優劣を競い、お互いを敵対視することなどが、いかに愚かで卑小なものであるかを知ることになる。

＊

さらに国家とか宗教など、それぞれの帰属するものに自己のアイデンティティを仮託している人々も、それぞれの団体の利害や敵対関係の下でしか築き上げることのできなかった関係性を超えて、それ以外の他者との関係性を築き上げることが可能になる。つまり、あらゆる他者と「私」は本来的には敵対する存在ではなく、社会的利害や、個々の不鮮明な意識によって敵対させられているのだ。

＊

本来的コミュニケーションが個々の間に成立すれば、変えようもないと思えた個人としての限定された生の基盤を突き抜けて、新たなる価値と創造への意識をかぎりなく拡大することができる。つまり本来的な他者との出会いは、一種の核分裂のような作用を人の命に起こす。そのエネルギーこそが、劇的に個々の現実と、時代を変える源となる。

＊

人は大きな悲しみや、深い悩みなどを抱えながらも、真摯な他者の一分を身に帯びることで、狭い自己意識から解放される。そして、個別的生の中にある孤独感を突き抜け、至らぬ自己と至らぬ他者を同時に経験することで、個々の言葉に意味を満たし、その先へ進むことができる。

断章　3

個人にとっての飛躍は、一般化された生のなかに、自分という存在の個別性と普遍性を発見したときから始まる。

＊

個人にとって、自分の道を指し示すような現実は個人に即したものであり、けして一般化できない。普通いわれている「現実」とは、一般化された現実であり、その現実を絶対化していたのではその地点を抜けることができない。それは単に一般化された「現実のかたち」を語るものであり、個別的生にとってはあくまで仮の姿にしか過ぎない。人にとっての生は本来、個別的であり、それを深く認識したとき、個人の命が作りだす現実は、一般化された現実の形をはるかに超え、それらの現実をも変えていける。

＊

さらに言えば、通俗化された現実に属する人々は、通俗化され、一般化された現実を生きることにより、容易にファシズム的勢力を形成する。ジョージ・オーエルは、このことをよく知っていた。それで未来に想定される全体主義国家の様相を『１９８４年』に書いた。しかし、世の中は、ジョージ・オーエルが洞察した方向へと、雪崩を打って動いている。これを回避しようと思うなら、一人一人が「一般的でない個人の生」を必死で生きるしかない。その生は覚悟を伴うが、けして打ちひしがれ、悲惨な生の姿にはならないはずだ。そして、個々がそのように生き始めたとき、それらの生が実証する現実の姿により、人々は自らを省みることになるだろう。

＊

社会状況や政治的思惑、あるいは個人の不明により一般化された人々には本源的な反省力がない。見栄と嫉妬による、ある種の頑張りはあるが、それらの人々は自分の目に見え、一般化された価値のみに重きをおく。そのような人々が摩訶不思議と思う力を、一般化されることのない個人は持っている。要は個別的生を生きる人々が、個々の内面の未熟や葛藤などと闘い、悩みながらも自らの命の底から、その力を実感し、発揮することが大事なのだ。

＊

つまり、個人にとっての飛躍は、一般化された生のなかに、自分という存在の個別性と普遍性を発見したときから始まる。その生は、他者との比較対照によって規定されたものでもなく、従来の人間観の頸《くび》き木からも自由であり、自在であるはずだ。

＊

しかも、その地点から始まる洞察によって、幾多の過酷で困難な現実を変幻自在に飛び越え、個人をさらに大いなる者として、この地上に解き放つだろう。たとえば、過去に奇跡を起こしたといわれてきた人々の多くは、この個人としての「意識の階梯《かいてい》」ともいうべき道を、自分に与えられた生の時間のなかで踏破してきた人であり、空海、アウグスティヌスなどの偉大な宗教者たちの生の軌跡のなかにも垣間見ることができる。

＊

私たちは、空海でもアウグスティヌスでもない。しかし、名もない一人であろうとも「自らの内なる意識と精神」を自覚を持って、磨き上げていくなら、現在ある地点をさらに超えていくことができる。

断章　4

個々が体験する事象そのものは、人類という大きな生命に穿《うが》たれた経験のひとつの窓なのだ。

＊

人の命から発生する意識を有機的なものとして捉えた場合、それは個人から他に伝播していくものである。伝播することでひとつの価値観を形成し、連続することで記憶となり、その記憶が歴史となり、未来に想定される意識と照合し合うことで現在の必然を形作っていく。たとえば、人の幸不幸という見方に立てば、その時々の状況により幸運に恵まれた人も、不運に見舞われた人も、そのこと自体で生が価値づけられ、完結しているのではなく、他の生の大きな要素にもなりえるのだ。個々が経験する営みは現実のなかで多様に展開するが、個々の喜びと悲しみが、ひとつの必然として現実の中に立ち現われたとき、それらは個別的限界を超え、時代と社会を変えていく。

＊

人は、他者の意識をあたかも自分のもののように感受することのできる存在である。そのとき重要な役割を果たすのが、言葉であり、言葉が孕む人の記憶である。言葉という連結器は事物の意味だけでなく人の意識のありようまで伝える。そのとき人は自分以外の人々の悲しみと苦しみ、そして喜びを受けとる。それ自体で完結しているように見える個人の生は、そのようにして無限に伝播し、個々の窓から窓へまさに時空を超え、生死さえ超えて、天空から地上に撒かれた種のように個々の意識のなかに花を咲かせるのである。

＊

つまり、現在という時間のなかで個人に与えられた全状況、個人として知ることのできる全事象から、個人がひとつの有機体の軸として何を経験するのかが問題なのであり、その個別的な人々の経験と記憶が大事になってくる。人類が滅亡しない限り、個人にとっての生の意味は、単に個人的なものに止まらず、全人類の記憶としての時間と、未来という展望のなかに溶け込み、時間の推移のなかで価値づけられるのだから。

断章5

人は、内なる「憐れみ」を克服して、次に進む。

＊
この世の仕組みは、事物の本質を隠蔽するために様々な姦計を用意するが、人が一番陥りやすい罠は「憐れみ」という罠である。釈尊でさえ、悟りに到る最後の試練は、この憐れみを克服することであった。しかるに憐れみによって本質的に救われる人はいない。厳しいことではあるが、自らの不幸は、自らが克服していく以外にない。そして不幸である人が主体的に現状から一歩でも進みでて社会的存在として意識的に生き始めたときに、憐れみからではない、同次元の存在としての人と人の繋がりが新たに機能し始める。

＊
つまり、人が「憐れみ」という感情を克服したとき、地上的なものに縛り付けられていた自己という存在の根っこにあったものが解《ほど》けはじめる。この感情はこれまでの地上の秩序を構築してきたものの背後に常に存在し、良くも悪くも人の世を機能させてきたのだ。

＊

しかし、だからと言って、マザー・テレサの行為を否定しているのではない。彼女こそ、そのことを誰よりも分かっていた人だと思うからだ。そのうえで、目の前で餓死しようとする人を助けたのである。この「本質的な次元」にある動機はけして憐れみではない。むしろ、「怒り」であり、彼女自身が手にしていた「規範」である。人が社会的存在である限り、いつの世も時代と社会の被害者はいるのであり、そうした人々に手を差しのべる者を誰が非難できるだろうか、問題の次元を取り違えてはいけない。

＊

ところで、同情という感情は憐れみより浅い次元のものである。しかし、心からの同情は小さなコミュニティーのなかですぐに行動に結びつき、よい慣例の「助け合い」として機能する。心からのと言ったが、「同情」という言葉は実行が伴わない場合は、優越者の立場から、ことを丸く収めるために使われる場合が多い。

断章6

人の持つ弱さや不安は普遍的なものだ。

＊

しかし、大多数の人々は、それを「個人的弱さ」と勘違いして、その弱さと不安を隠そうとする。そして多くの場合、その個人的弱さや不安が挫折の原因であるのだが、夢や目的を達成できない人々は、挫折の原因を別のものにすり替え、その時点で人としての成長も止めてしまう場合が多い。

＊

人が成長の過程として味わう弱さや不安は「未熟」から生まれる。人間の内面は、自生する木々の果実のように自然に実り、自然に熟すことはない。自ら省みることによってしか成熟できないし、物事から学ぶことによって成熟の何段階かの過程を個人の内面に育むことができる。不安や恐れを回避すべきものとしてとらえるのではなく、それを次なるステップへの手掛かりとしてとらえなおしたならば、そこで逡巡することはないし、それを隠すこともない。むしろ自己の弱さや不安を積極的に認めることでしか、次なる飛躍はないだろう。

＊

人という生物の存在の根本から発生した不安や恐れを積極的に認め、それを自己にとっての認識の道具としたとき、人は個々が繋がれている「生物としての頚《くび》き木」から自由になる。そして「自覚する個人」と「潜在する無限の可能性としての意識」をその地点から歩み始める。本来、人はそのような存在として形成されることを待つ者であり、これまでもそのことに気づき、自らの生の範囲のなかでその可能性を実現してきた人々は多数いるのだ。

＊

だが、そうした個人の能力もこれまでは、ごく狭い範囲の個人的なものとして判断され、多くの人々に備わっている「普遍的能力」としては捉えられなかった。またその成果も、個人的な労力や修学や幸運のたまものと判断されがちで、「人々に潜在する無限の可能性」

のひとつの実現であるとは考えられなかった。

＊

また「潜在する無限の可能性としての意識」は、個人の数だけある多様なものであるが、そこに単一の存在としての過去の「神」が想定された場合、事態はまるでここに記述したこととは反対の要素として働く。つまり、すべての個人的な努力も「神様のおかげ」ということになり、「人」と「超越的存在である神」は永遠に差別化され、人は「神のしもべ」として自らの分を弁えることで、永遠に神の風下にある安寧だけを追い求めることになる。

断章　7

人はかくして、人と神の敷居を越える。

＊

人は、「生物としての身体」と「人としての脳」を持った、端的には捉えることの難しい存在である。それゆえに、過去も現在も霊性への烈しい願望を懐き、また宇宙や星々など手の届かないものを「神」として祈拝することで時々の不完全さを補ってきた。つまり「神」は人にとって、ひとつでふたつであるような存在であった。そして、人はいまだ「神」に代わる「自己統御システム」あるいは「指導原理」を発見できずにいる。こうして、自己の救済と倫理的規範としての側面を併せ持つ、人自身が作り出した神と人との共存は現在も続いているのであり、この、「人の本性に由来する神」と、政治的に利用され「権威化された神」との闘いも未だに続いている。

＊

すぐれた詩人、学者そして宗教者などは、それぞれの直感や洞察のなかで人と神の敷居を超えて、人がさらに変化できる存在としての可能性を垣間見た。しかし、境界を強調したい社会ではシステムを構成するそれぞれのカテゴリーの中に彼等を収めることで、その洞察の牙を抜いてきた。また彼等も、学問や修業の結果として得た飛躍を、体系や教えとして完結させ、それが「人の本質的次元の省察」をさらに深めることにはならなかった。

＊

また他方では、それぞれの飛躍、それぞれの才能の開花は、個人の能力や、才能が他に優れていたからに他ならぬとされ、その次元まで至らない人との間に超えられぬ差異を意識させることにもなった。そして、過去も現在も多くの人々はそのような個人を、聖者や仏やヒーローとして奉ることでこの差異を容認してきた。人はこのようにして自ら隔てられることを望んだのであり、この境を越えることは、ときに傲慢と謗られ、身の程知らずとして退けられた。

＊

こうして、「神なるもの」と「人」は、人自身の愚かさと弱さ、不確かさにより類別され、人は自ら「権威化した神」に対して「分」を弁えることで、その命に与えられた考えることのできる時間を止めたのだ。

＊

しかし、あらゆる差別的構造のなかで最たる「神と人」の敷居が取り払われなくて、どうして人は今以上の認識にたどり着けるのか。そこから始まる第一歩こそが、新たな試練とともに人を新たな他者に向かわせる。

＊

神との敷居を取り払うことのできた人はすべての責任を一人の人間として引き受け、新たな規範のもとで限界に向かって自己を磨き、そこからまた新たなる山を登攀することになるだろう。

＊

補足すれば、この考え方は過去にあった様々な宗教的、あるいは神秘主義的な神と人との合一ではない。つまり人によって想像された超越的な神なるものに、人を近づけるのではなく、人自身が個々の内面に孕まれたものにより、均一でない、独自の飛躍を成し遂げるということなのだ。

断章8

「権威化された神」はこの世に存在するあらゆる不可知なものと結びつき、さらなる権威を形作る。

＊人に勝り、人を導く存在としての神、人の不完全さの対極にあり完全無欠なるものとしての神、死すべき定めの人に対して、永遠に超越的存在である神、人に恩恵と救済をもたらす神、宇宙の法そのものとしてとらえられる神など、人が不完全な存在であることが前提になり、神は人の上に想定され、ポリティカルな要素を孕みながら権威化された。

＊「権威化された神」は、神を信ずる人々に序列を作り、教団を形成した。人は神を祈拝し、敬うことで内面の不安や恐怖心、葛藤に耐えてきたのであり、また大自然の脅威や圧政といった人を脅かす事柄にも耐えていった。しかし、人は時々の自分を「神」の下に位置づけたことで、歴史的時間を経ても、「不完全で弱い者」として自分を規定し、さらに脱皮できる努力と機会を止めてしまった。また、時々の人により「権威化された神」はこの世に現出

するあらゆる不可知なものと結びつき、神と名乗る同種のものの増殖を許してきた。この現象は現在も続いており、複雑化する不公正な社会のなかで自己の存在基盤を見出せず、スピリチュアルなものに自分を仮託する人は多数いる。

＊

人が、努力する前に、刻苦勉励する前に、その可能性を葬りさることで既存のうちにある「秩序」は完成し、箱型の重苦しい世界が権力者の数だけ形成された。これは過去のことであろうか。この箱型は時代と国に応じて自在に姿を変え、人の意識をその箱の中に閉じ込めようと、ありとあらゆる手段を使って現在も機能している。そして人々の気分は名づけようもない重苦しいものに塞がれていくのだ。

＊

このような社会の中で、市井に生きる人々が時代や国の法概念、宗教的規範などを超え、個人のうちにある本源的な道義の可能性を深く掘り下げていくなどということは不可能に近いことであった。人々は、為政者の不正や抑圧によって、痛めつけられ、暴発しようとする感情を何らかの方法で解き放つよりほかなく、それゆえに、日常とは異なる祭の場などで酒やドラッグなどを吸引した。また、共同体の中に国家とは違う組織を作り、そこで自分たちの尊厳と自由をかろうじて確保することで「社会の囚われ人」としての日常性を逸脱し生き得てきたのだ。

＊

これは過去のことであろうか、アメリカなどでは市場を形成するまでに到った向精神薬などのドラッグが人の気鬱を一時的に解消している。しかし、どのような状況下でも心を晴れやかにする薬や宗教によって根本的に解消される個人的問題、社会的問題はないはずである。

＊

人は個々に置かれた時代状況と囲われた国柄という、超えがたい呪縛のなかで生きてきたのであり、そのことを身もって知っていた人々は、自分には生きえない未来を垣間見て、言葉を残した。例えば、ユング。彼は、自身が到達した「人」への洞察を『ユング自伝』として遺したが、そこに彼は、彼が生きた同時代の人々へそのことを直截に語る危険性を考え、その文脈のなかにメッセージを込めた。それは、人と神のまだ語られぬ一致であり、その合一にいたるユング自身の解であった。そしてまたヘーゲルも、彼こそ歴史的時間の推移によって変わりうる人自身の在り様を知った哲学者であり、晩年、この大学者は、彼の自室で難解な言葉のパズルを構築することで変遷する時代の価値のなかに身を置いているふりをした。

断章9

オルテガが言うように、人間が人間に隔てられることの本当の意味は、その階級によるものではない。

＊人が他者の意識と奥底で繋がっていることを感受できる人と、そうでない人に類別できるとすれば、前者においては宗教、性差、民族性、文化、階級も、本質的意味における隔たりにはならない。本来的な人の独自性は人を分かつものにはならず、他者への理解と寛容性、創造性などに昇華される。しかしながら後者に属する人々は、ことさらに差異に意味づけをしようとする。

＊人と人の境をことさら強調する人々の意識には捻じ曲げられたエゴと意図が感じられる。ことに、エゴはすべての欲望に支配された命であり、支配欲、名誉欲、金銭欲などである。この命は、嫉妬深く、残忍であり、不安と共存している。人の歴史のなかで、人間の愚かさを体現しているのはこの意識であり、いわゆる「ナショナリスト」などは、この命をもっとも深く知る者であり、狡知に長けた策謀・陰謀などを得意とする。さらに言えば現時点での「人間一般」に関

しての曖昧な省察のなかで考えられ、意味づけられた言葉は、このような者にとっては格好の道具であり、長く誠実な思索の果てに導きだされた思念そのものの断片を、自らの主張を正当化するために意図的に利用するのだ。

＊

人類学などの視点からも、古に遡れば、遡るほど、人と人の境界も国などというものの境界も消えていくが、そうなると困る人々がいる。そこで個別の「学門」のカテゴリーに収めるのである。そして「学」は、単なる意見のひとつに貶《おとし》められる。また、自身の追及した学によって何がしかの名誉と権威を与えられた学者は、そこでその先にある広大な沃野の探索をやめてしまう場合が多い。つまり、過去の人間一般の有様を考察し、分析はするが、「現在の人間と社会」が「未来の人間と社会」をやっと考察できる地点の、その一歩手前で身を引いてしまうのだ。

＊

オルテガの『大衆の反逆』と出会ったのは、１９６０年代ごろだった。このスペインの哲学者が約１００年前に書いたことの周辺で悩んでいた私には、この本は大きな示唆を含むと同時に孤立感を深めていた当時の私への大きな励みにもなった。オルテガ以外にも、一歩手前で身を引かなかった思想家も哲学者も多数いたこともここに書きとめておく必要があるだろう。過去のそのような真摯な哲学者や思想家の存在がなかったとしたら、私はけして、この自己省察の記録を書き続けることはできなかっただろう。

断章１０

新・旧の「聖書」を、「現在形」で考えてみる必要がある。

＊

なぜなら、それが未だ多くの人々の暮らしそのものの規範になり、その為に未だに、民族と国家、宗教が一体になり、人を殺し続けているのだから。「モーゼの十戒」の第五に、「汝殺すなかれ」という主の言葉が記されている。しかし、「主」からその「十戒」を聞いた直後に、理由はどうあれ、モーゼは偶像を敬う多くのイスラエルの人々を殺した。そして、「ダビデの王国」が築かれた前も、後も、人々は、様々な「理由」により、「主」の名により「敵」という名の人々を殺し続け、多くの人を殺した帝国が栄え、そしてまた、「主」の名により滅亡していった。この根本的矛盾を考える人々は、なぜ自らに、あるいは「主」に、このことを問いかけようとしなかったのか。

＊

旧約聖書は、新約の前にあり、その基を成している。新約には、その後、深められた重いイエス・キリストの「言葉」と奇跡の数々がマタイにより、マルコにより、ヨハネにより、また他の使徒により記されている。旧約は集約すればイスラエルに現れた預言者たちの年代記であり、それぞれの預言者たちが神と交わした言葉が綴られている。なかでも、モーゼの生誕と奇跡が圧巻である。しかし、神により選別された民であるイスラエルの人々の物語として旧約を読むと、また違う様々な感想が生まれてくる。

＊

新約を読み返していて、目に涙のにじむ箇所が何度もあった。キリスト受難の場面でも奇跡を起こす場面でもない。私はそこに、２０００年以上前から続いている文明の現在形の物語を見たのであり、そこに奇跡を起こさず、洗礼を授けず、弟子たちも連れていない、「苦悩するひとりの人間」としてのキリストを感受した。そして、それこそが、キリスト教が、単なる制度と化し、あるいは様々な宗派に分かれながらも、長い間、人々の規範たりえた深い理由のひとつではないかと考えた。

＊

そして多分、現在こそ、奇跡も洗礼も行わず、神の声も聞かない、ただ内なる声の命ずるままに生きている、三位一体としてのイエスではない、字義通りの、苦悩に満ち、葛藤する人の子であるイエスが多く生まれて、生きているはずなのだ。

＊

現在は、そのような時であり、神秘化された存在ではない「人の子イエス」が無数に現れ、その場所、その状況の下で人々に関わり、何事かを成していかなければ、この「未完成の人間」という生物が跋扈《ばっこ》してきた「人の歴史」は終わり、無窮の宇宙に浮かぶ球体は、別の生物が静かな時を刻む星になるだろう。

＊

だから、いかなる破壊とも殺戮とも無縁であり、いかなる権威とも無縁であり、そしていかなる権力でもない、もちろん宗教でさえないもの、「その地点」に人々が到達できるか否か、すべてはそこにかかっている。

断章　11

つきつめて考えれば、この世に「私が生きる」ということは、自分という存在の動機があるだけだ。

＊それは、この地球上に生きるすべての人々にも当てはまることではないのか。人は自分という存在の動機を持ってこの世に生れ、あるときそれを自覚する。

＊そして、自覚した個人がその時々の現実に介入することで世界は変る。この介入は暴力的なものではなく、個々に内在する意識のエネルギーの介入だ。個人の次元、思考形態により、個々が現実に介入して起る出来事も、様々である。たとえば、チェ・ゲバラのような革命家が現実に介入すれば革命が起るだろうし、孔子のような思想家が現実に介入すれば単に人々の意識を変えるばかりか、時の為政者まで動かし時代を作る。名もない個人であったとしても、自分の存在の動機に目覚め、それをかけがえのないことだと気づいたなら、そこから始まる自分にとっての現実はそれまでとはまるで違うものになるはずだ。

＊
昔から人は、全知全能である存在を空想のなかで思い描いてきた。ときにそれはファンタジーとなり、主人公たちの胸のすく活躍は、日常の娯楽として人々を慰めた。全知全能でなくとも、あることに秀でた能力を発揮した者は、ヒーローとして人々に喝采され、尊敬された。その中から、自分もヒーローになろうと努力する者もいたが、多くの人々は、英雄願望それ自体で慰撫《いぶ》された。

＊
過去、現在において「至らぬ神」であり、多くの現実の状況のなかで満たされることのなかった人々は、今日と明日の、生存のよすがとして様々なものを作り出し、それが「文化」ともなり、「娯楽」ともなった。しかし個々の存在の動機が明らかにされ、人の意識が、さらに深く磨かれたとき、社会に伝播し、実現されるものの姿は、過去、現在と重なり合いながらも、また別の形相を備えているだろう。言葉も絵画も音楽も、政治や企業活動さえ、創造され、表現さ

れ、行為されるすべてのものにおいて。

断章１２

人は、社会的存在として生まれたときから、個々の命の半分を時代と社会からの強烈な介入を受けて形成される

＊

たとえば、すべての犯罪者の根幹にある動機のひとつは、社会によって育まれた劣等感である。人のうちにある劣等感と優越感を育てるものは個々の命に投影された社会そのものである。個別の命が、いわばそのとき摺りあっている周囲の人々の意識の形態に反応する。人は社会的存在として生まれたときから、個々の命の半分を時代と社会から強烈な介入を受け形成されるのだ。

＊

利のみに重きを置く社会であれば、利のみを追求し、道徳的なものは単に飾りとして、利を生み出すものにまぶ塗される。その欺瞞に目を向ければ、犯罪者は自らの行為を同じレベルの詐術を使って正当化するだろう。そうした社会では、法律も単なる飾りとなり、利のシステムを守るものとして機能するだろう。そして犯罪者、あるいは異端の烙印を押された者は、テロリストとして異なる価値観のなかで自己の存在感そのものを示すか、アウトローとして法の埒外《らちがい》から「市民社会」の脅威へと変貌するだろう。

＊

彼等は、過去も現在も人と社会の影の部分を形成してきたのであり、だからこそ、そこにある「闇」が常に時々の「健常なる社会」から生み出されたことを察知する人々は、その闇に介入することを恐れた。

＊

そして、この意識からは、強大な独裁者も生まれる。時々の社会の欺瞞性を見抜くほどの知力を持ちながら、社会そのものによって貶《おとし》められた人格が強大な権力者となり、やがて社会の破壊者となる。アドルフ・ヒットラーなどはその典型である。

＊

だが問題は、社会をそのような歪んだものにする大きな要素が時代を構成する人々の意識の背景にあるということであり、この状況を洞察する視点が立ち現れてこないということなのだ。しかし、社会そのものが欺瞞的要素を色濃く孕んでいるとき、その欺瞞性を突き破る言論の力が社会そのものと拮抗しあうほどであれば、多くの人々は不正や欺瞞そのものが撒き散らす無力感に打ちのめされることもなくなる。たとえば、足尾銅山事件の田中正造のような人が社会そのものの不正と命がけで対決するというようなことが起れば、人々の意識が大きく揺さぶられ、それが社会の変革に結びつくということはありうるのだ。

＊

個別的生を掌中にした人が、社会的存在として自己の能力を発揮すれば、その視点を獲得できるはずであり、個々にとっては、それ自体が歴史的存在としての力を発揮できるチャンスにもなる。さらに、そのような困難な状況下で、個々の源である内なる精神を鍛えなおし、磨きあげるならば、ネガティブな存在として社会の合わせ鏡になったヒットラーなどを超えた、新たなる人の存在原理が生まれてくるはずである。

断章１３

ファシズムは不確かな人間存在の本質に根ざしている。

＊

その頸木《くびき》のひとつが、人の個としての脆弱さであり、母の胎内で完成することのない、毛皮を持たない生物としての、本能に根ざした「恐れと不安」である。これは、生物としての尾のようなものであり、集団の中で庇護される存在としての意識の残骸である。

＊

人が知的に成熟していく過程で、このような生物学的視点の内にあるものは当然克服されていくと見なされているが、知的活動に従事している人々の中にも、未だにこの尾の幻影に支配されている人々が大勢いる。それらの人々はそうとは意識せずに、「高等」な言説でそのことを正当化し、ときには社会正義の範疇にまで高めようとする。

＊

だから、ファシストなどの全体主義者を「幼稚で愚か」と断罪することは、それほど容易なことではない。２１世紀初頭の現在であっても、全体主義はあらゆる人々の何気ない行為と、解釈のなかに身を隠しながら浸透している。

＊

「普通」といわれる人々のほとんどは、まるでこのことに無防備であり、ある種の「道徳的によいこと」「美しいこと」の美名の下に正当化された「全体主義的行為」に加担している。つまり、ファシズムはそうとは名乗らず、科学的に実証されたなどというデマゴーグを道づれにして、「一般大衆」を巻き込んでゆく。最近でいえば、皆一緒に道義的大義名分を掲げることのできる運動、たとえば、「禁煙運動」や「エコ推進運動」などとともにやってくる。そこで「善良なる市民」などという言葉も、まやかしを正当化するために使われる場合が多いのだ。

＊

さらに言えば、ファシズムを先導する「大衆」はけして「物言わぬ人々」でも「力弱い人々」でもない。テレビなどのマスメディアはこのような「大衆」の意向（視聴率・売り上げランキングなど）を汲んでファシズムを発生させる貴重な装置にもなるのだ。さらに、ファシズムを先導する下劣なる論者は、彼等自身が孤立しているときにはけしてものを言わない。いつも「大衆社会」の動向を見たうえで、風上に立ってものを言う。彼等こそファシズムを拡大させる温床であり、「大衆の側」に立っていることを率先して印象づけることで、ときには正義めかした強弁で大衆の代弁者になるのだ。

断章　１４

他者に対しての不信が、未成熟な自己に対しての不信であるということに気がついたとき、人は十把一絡げにカテゴライズされた存在から脱却する。

＊

人にとって他者の存在は必然である。人は他者を通して自己を知る生き物である。直接に他者と出会うばかりでなく、書物を通しメディアを通し、あるいはそこに満ちる空気感のなかで、他者の意識を察知する。その一瞬、意識《こころ》が軋みをたてて何事かを理解する。人はその他者との違和感のなかで、あるいは共感と愛のなかで知るべきことを知る。

＊

つまり、人にとって他者とのコミュニケーションは必然的なことであり、人は、他者の意識や気配を知ることで人と世界を形成する事柄や、人自体がどのようなものかを学んでいく。だが、今日のように社会自体が複雑な要素のなかで病んでいるとき、人は、ときに邪悪な存在であり、ときに分裂した存在であり、コミュニケーションを拒否する他者として社会に放り出されている場合が多い。

＊

しかし、たとえそのようなネガティブな出会いであったとしても、人は、他者を通して具体化された社会の闇を知り、そのことに影響されている個々の命の様相を知ることができる。だが、個々の人格のほぼ半分が社会によって形成されていることを分かろうとしない人々は、見知らぬ他者の脅威を排除する一方で、極端な人間不信に陥っていくことにもなる。

＊

このような他者に対する不信感が増幅されたとき、人は孤立感を深め、無力感にとらわれ、ときには欝的状態になる。鬱の原因は様々考えられるが、信頼するに足る他者の不在による鬱的状態を克服するには、社会そのものに連結されている自己を再確認し、自己の内部に蓄積された社会そのものの意識との闘いが重要だ。

＊

未成熟な他者の表層に投影されている社会そのものの病根を学ばな

くては、人間への不信は根本からは解消されない。また、他者に投影されている病根は自己そのものにも投影されているのであり、そのような人格の形成過程にある自己と他者を、その段階で、「人間とはそういうものだ」などという言葉で完結させていては、そのときどきの社会状況のなかに飲み込まれている自己以外何も見えてはこないし、その地点を乗り越えてこそ展望できる個々の内部にある人としての無限の可能性も見えてはこない。

＊

つまり、本来的にいえば、その状況の先に人は知るべきものと出会うのであり、そこで人は不断に更新される存在に変る。そうでなければ、人はその時々の社会状況のなかで固定されたものとして、システムの一部として機能する存在になるしかない。

＊

そして、社会的に価値づけられたもので人をカテゴライズし、システムの道具として機能させようとする者は、幻を現実だと思わせる幻術師と変りなく、この存在と言説に惑わされていては、現状を打破することはできない。重要なことは、どんな人格のなかにも、その時代の錯誤や捩《よじ》れとともに、その解決方法が隠されていることである。そのことを、身をもって知るならば、どの一人との出会いからも多くのことが学べるのであり、どんな出会いもおろそかにはできない。

断章15

凶悪な想念は、全く別の相貌をした幾多の人の同じ意識の土壌から育つ。

＊その意識は狭い個人の欲望の範囲しか生きることができないので、どんなに肥大化しようがエゴの支配を受けており、実利で満足し、想像力さえエゴに支配されているので、本人の中で狭く解釈された言葉でしか他人の痛みを理解できない。マスメディアで報道される知識を得ることはできても、その範囲に限定され、社会が澱《よど》んでいればいるほど羽振りを利かし、他人の弱みをいち早く察知し、画策し、支配しようとする。

＊この意識が法を犯す場合もあるが、多くの場合、その狡猾さにより、市井に無防備に生きる人々を操り、実利的欲望を満たすことにより優越感に浸る。また、とても嫉妬深い意識でもあり、策謀を好み、人を陥れようとする。また、本来的想像力が欠如しているので、他者も皆、自分と同じようなものであると考え、他者の人間性を平気で貶《おとし》める。人はこの意識の支配を受けている間は自由でありえず、

自己の限界も破れない。

＊

しかし、この意識と隣り合わせに暮す者は、往々にしてテロリスト的凶悪な想念を育むことになる。彼等は欲望の肥大と自己保存本能のみに支配された小さな悪に立ち向かう対抗措置として、自己の内部にさらに凶悪な想念を育み、自己の優越性を証明しようと命まで賭ける。しかも、彼等は狡猾であることに否定的であり、むしろ自己破壊的である。だからこの想念が、戦場と化している世界の、ある地域だけに限定されていると考えるのは大間違いである。一見平穏に見える欺瞞と狡猾さの満ちた社会にこそ、この凶悪な想念は育つ。

＊

また、この道理を知るならば、その対極にある想念の形成こそが大事になる。つまり、情もモラルも欠如した意識の土壌ではない、別の、たとえば棟方志功を育んだ家族や津軽の風土のなかにかつて存在したものであり、貧しいなかでも、見栄や外聞ではなく、必死で命をつなぎ、必死で何かを守ろうとした人々の命の底にあったものだ。

断章　16

未だ、人にまつわる根本的問題は何も解明されていないにも関わらず、分かったつもりにされている欺瞞そのものが、見えない毒ガスのように人々に作用し、人の生を空虚なものにしている。

＊

本来、人はとても簡素な生活形態で満ち足りる存在ではないのか。だが人が社会的動物である限り、その生活の端々は「社会そのものの価値」に意味づけられる。市場経済の名の下、過去のどんなイデオロギーより強大な功利主義が全世界的にまかり通り、人々の日々の生活は功利主義という名の金権思想に侵され、慌しく時間と情緒を剥奪されている。

＊

山で木の実を取り、海で釣り糸をたれ、その日の糧をまかない、後の時間は読書や絵を描き、音楽を聴きながら無為に過ごす、などという日々の過ごし方は夢のまた夢のように思える。しかも、ほとんどの山は、誰かの所有物であり、山に入り木の実をとること自体が不法行為になってしまう。また無為に過ごすということは、この社会ではほとんど価値づけられていないに等しく、「人はあくせく働いて金を稼ぐ」ことで社会の一員と認められる。休暇もあるが、それは社会的に合意された休暇であり、人々の意識も情緒もその範囲に限定されてしまう。

＊

人が簡素に生きようと考えるなら、現在の日本ではたとえば会社員となり、社会的制約の諸々を個人として果たし、その結果として得た信用と所得などにより、個人に即した生活の形態を手に入れるしかない。つまり、本来的には人の生存にとりごく自然で単純な事柄さえ、今日では手に入れがたい贅沢なものになってしまった。人々は、「ただ生きる」ことさえ社会の価値と規範に拘束され、複雑化され、その結果として、日々生きることの幸福感さえ見失いつつある。

＊

そして、この社会で一般的に機能している最大の価値である「金」のみに執着し、人にとって「善良」であるとされたものが人の本性からそぎ落とされていく。しかし多くの人々は、この「金と人」にまつわる状況は、昔から人の生存にありがちなもので、今更論じる事柄でないよう思わされている。そして、人にとっての状況の変化は単に時代や国柄に付随する変化のように考えられ、実態の外側からしか実情を把握できない意識を形成させられている。

＊

しかし問題は、人の「本質的なものへの洞察の牙」を抜いてきたものの思惑が、人を滅ぼしかねない状況まで到っているということだ。世界的規模にまで拡大し始めた市場経済という功利主義は、多くの人々を、貨幣を生み出すシステムのひとつに組み込み、選択肢の限られた生き方のなかに人々を閉じ込め始めた。この状況は、１６世紀、シェークスピアが書いた『ベニスの商人』の金貸しに象徴される拝金主義とはまるで違う息苦しいものであり、国家そのもののシステムが「金」というものの威力と結託して個人の全存在に介入し、人の生存さえも管理し始めたということなのだ。

＊たとえば、「労働」という概念ひとつとっても、かつて、それぞれの立場からの意味づけや、取りくみは行われてきた。しかし今日の労働状況を概観するだけでも、派遣労働による経費削減や、管理職という名の下で長時間労働を強いる欺瞞などが、大企業でもコストダウンという名目の下に日常化してきており、人の道徳的次元にあるものは、資本の論理の中で地に落ちている。

＊もちろんそうでない企業も人もいるのだが、社会全体が儲けることに血道をあげているような状況のなかでは、欺瞞という毒ガスの威力はあちこちに作用し、コンプライアンス、コーポレートガバナンスなどという通りの良いカタカタ文字を氾濫させ、企業の欺瞞も世界規模になってきた。このような状況を根本的に変える論理を持った社会学者や経済学者が現われない限り、21世紀に生きる私たちは、マルクスやケインズの先に進むことができなかったと言われて

も仕方ない。

＊

あらゆる本質的な事象は互いに連動しているのであり、そのひとつにでも風穴が開けば、言葉の意味内容も社会も変るはずである。しかし、すでにある言葉の意味が固定化され、変りようもないものとなったとき、言葉はさらに空文化されるばかりか、欺瞞の道具となり、歴史は時間を止める。そして人々の命は内側から侵され、単に反復でしかない生存に生きる力そのものを失っていくだろう。

断章　17

これまで実行され、現在も機能している貨幣経済も、人の歴史の一里塚だ。

＊ むしろ初期キリスト教などで、「物の代替である貨幣に利息が生じることが、人間の道義的レベルでどう解釈されるのか」などという議論に立ち戻って考える必要があるだろう。だからといって、原始共同体に戻るのがよいとか、物々交換の時代に戻ればよいなどと言っているのではない。あくまで、今日、この時代の最前線から先にある時間軸からの発想であり、その発想の源にあるのは、あくまで「現在の問題点が克服された未来」からの視点なのだ。

＊ 飛躍的にテクノロジーが発達したことにより可能になる、「新たな社会制度」「新たな経済理論」が発想されるほうが自然であるにも関らず、過去の哲学や思想に固執している人々の停滞した思考形態の底に何があるのかが問題だ。

＊ 今日の問題の多くは、未来に視点を持たなければ解決されない。将

来、人間にとって真に有益なテクノロジーが研究開発され、人と自然との共存が本当に可能になったとき、人にとっての「生活」という言葉の概念は変らざるを得ないし、そこから発想される諸原理も変る。

＊

ひとつの具体的な例を挙げれば、海水を真水に変える技術はもうアフリカ諸国では使用されている。この技術がさらに向上すれば、水不足で過重労働を強いられていた人々の負担は減るであろうし、そのことで彼らの生活の質も向上する。また現在は原子力、石油などに頼っているエネルギーも、さらに技術力が向上すれば、低コストの自家発電が可能になり、生活するために支払わなければならなかった光熱費は必要ではなくなり、単に生活するだけで発生する経費も減る。この一歩からでも、経済の仕組みは変る。無論、「国家」とか「社会」とかの意味内容の変化を前提においてではあるが。

＊

世界のほんの一握りの人々の「野心の達成」と「欲望の充足」「権力の維持」などといったもののために、過去と現在の価値観のみが重視され、固定化され、発展を阻害されている今日の社会。この未完成で錯誤に満ちた社会機能を補完し、固定化する「古びた理論」。その上にある暮らしの安定と金銭万能の功利主義拡大のために、生は限りなく空しくなり、生の土台は見せ掛けの繁栄のもとで崩れていく。そして、そこから取り残され、充足することの出来ない人々、自分は見捨てられている、と考えざるを得ない人々を大量に世の中に送りだしているのだ。

＊

これらの事は、単に個別的事象によって、あるいは個別的原因のみで生起しているのではなく、人間の本質に根ざす問題であり、この地球上、この世界全体が抱えている問題に属するものである。このことが分かっていても、その先に進むことを恐れて適当な言葉と論点を作ることで事の本質を隠蔽しようとする者がいるとすれば、新しい経済学などは夢のまた夢である。

*

何が人にとって不幸か、何が幸福なのかを「国家」として真剣に考えるならば、そしてまた、個人の幸福を最大限に優先するのが「民主主義国家」であるとすれば、疲弊する個人を打ち捨てて、「最大多数の最大幸福を目指す」などという砂上に書かれた言葉に指導者は安住できるはずがない。

断章１８

未だに続いている「戦争」を回避させる道はただひとつしかない。

＊

絶対に殺戮目的で「人」の命を奪ってはいけないという断固たる「世界法」を作るのだ。「世界法」と言ったが、これは現状の下で想定される「世界法」ではないし、現在ある「国際法」でもない。未来に視点をおいて構想される「世界法」である。

＊

現在の世界では、相手が人間に限らず「殺す」という行為はまだ根源まで下りて考えられたことはない。もし、考えられていたら、一方で殺人を禁じ、「戦争」「紛争」などという目的下での殺人が許されるというのは、究極の矛盾であり、このようないびつな状況のもとで、大人は子どもに「人を殺してはいけない」など言えない。

＊

いびつと言えば、人以外の生物の命をどう考えるのかということも、あまり掘り下げられることもなく今日まで来てしまった。鳥や牛や豚、羊や魚などの生き物の命はどのように捉えるのか。キリスト教、仏教、イスラム教などの宗教では戒律のなかに触れている派も多いが、そのような次元のことではなく、日常生活で惹起している事柄を「本質的な次元」から考え直す時期にきているのではないのか。そうでなければ、一方で過剰ともいえる生き物の保護政策が正当化され、他方で何の倫理規定も設けられずただの商品として、あるいは余計なものとしてクローンなどの技術開発とともに、生産・殺戮・備蓄される夥しい生き物たちがこれからも増え続けるだろう。

＊

そして、この「世界法」の制定こそが、それらのことを、一から考え直す新たな時代への先がけになるのではと考える。かつて、湯川秀樹らによって構想された「世界連邦政府」の運動も含め、今日、世界中でこのことに思いをめぐらせている人々は数多くいるに違いないのだ。そのような人々の思いが結集するなら、近い将来に実現される可能性は高い。しかし急がねばならない。時代の速度は益々加速し、過去の歴史的時間そのものから逸脱しつつあるのだから。

断章　１９

あらゆる規範は時代の拘束のうちにあり、拘束のなかにある規範は単なるスタイルにしか過ぎない。

＊

幸運を招くという四つ葉のクローバなどに人が託する思いは、それほど深刻なものではない。しかし、その願望の奥底に下りていくと、「人間」という不確かな存在が希求してきたものが、他の動機により、どのように形を変えさせられたかが見えてくる。

＊

人は、それぞれに幸福のイメージを持っているが、幸運に恵まれたいと思う人々の気持はそれほど多くのカテゴリーに分かれるわけではない。その動機がどのようなものであれ、目的に対する努力だけでなく、多少の幸運がなければ物事が達成されないことを人々は知っているのだ。しかし、そのような素朴ともいえる祈りや願望までも、別の野望に支配された者は餌食にしてきた。

＊

たとえば、政治的に利用され、それ自体が政治を補完するものになっている宗教。幸運を招くということを売り物にする詐術的商売などである。どちらも昔から存在したが、昨今の混迷する時代状況、世界的な功利主義的風潮のなかで、そのどちらもが肥大化している。

＊

特に宗教は、教理によって人々を育成し、あるいは縛ってきた。その教理を鵜呑みにする人々にとっては、信ずることの代償として、ある種の自己欺瞞そのものが、生活のすべてのかたちを整えた。それぞれの宗教の道徳的絶対性を主張する人々にとって自己などという不確かなものは、道を誤らせるものでしかない。その不確かさにこそ、未来への最大の手掛かりがあるなどという主張は論外なのだ。

＊

人がどのようなものであろうと人の上に想定された「権威化した神」に従属するのであれば、人はその本能にまで達している限界性を超えられない。そして、人の内奥で芽吹きを待っている、人としての第二の属性ともいえる新たな規範は育たない。

＊

しかし、宗教ではない、個人としての祈り・信仰心などはまた別のものである。「至らぬ神」であり「未完成な器」として生まれた私たちは、身体と知性を育みながら、経験によって成長していく。その過程で霊性としか言い様のないものに導かれ、飛躍的に意識自体が変容する場合がある。このとき「未完成な器」であったはずの命にすでに孕まれていたものを、人は直感する。この「すでに孕まれていたもの」にどのような言葉を使うかにより、「宗教」「哲学」「文化人類学」などの既存の境界は消え、新たな「何か」が生まれてくるはずである。

＊

この「何か」を、かつて多くの探求者は希求したはずであり、それに全生涯を賭け名前を与えようと努力した。しかし、これまでの歴史と文明のなかでその「何か」に「神」という以外の名前は付けようもなく、それがまた対立的思考を生むことになった。自らの差別意識を克服できなかった哲学者ニーチェが「神は死んだ」と言った後も、西洋文明の価値観の多くは、神という存在とともに発展してきた。また東洋においてもイスラムの神など、神という言葉のもとに紛争が正当化され、それが民族運動や政治と結びつき、不毛に不毛を重ねる悲惨を生み出してきたのは周知の事実である。

*

だから、個々に備わった時代というものがあるとしたら、単に時代に適合するのではなく、その時代の諸相を手掛かりとして、自己と言葉を新たに打ち立てなければ、すでに達成された自己自身の基盤となるものを失うばかりではなく、停滞そのものが権威と化し人々と自分を損なう。インターネットや交通網で、意識の規模を拡大した人々の生は、その一点からでさえ地球的規模で操作され、崩れていく可能性を孕んでいる。

＊

そのようなことについて、議論すべき知性が、今こそ新たな諸問題を考える時期に来ているともいえる。そうでなければ、先行する「時」に立ち遅れた世界も、その社会も、社会の構成員たる人々も、限り無い矛盾のなかで腐敗し、それ自体の力を失い、あるいは方向性を取り違えた欲望の拡大によって崩壊するだろう。

＊

また、世界と人の崩れていく様を感受する人は、自らの作り出した規範と、コミュニティーのうちに閉じこもるか、血縁の絆による縁を求め、崩れていく世界と、人々を横目で見ながら、「仕方ない」とつぶやく。まさに、旧ソ連の映画監督タルコフスキーが「ノスタルジア」で、自殺するドメニコに「おれは家族のことばかり考えていたからいけなかったんだ」、と言わせた問題がまだ解決されずに、ここにある。

断章２０

卑小で、邪悪なものの姿は、「未完成な人と社会」を投影したものである。

＊

それは、成熟の過程で折れ曲がり、それ自体の未整理な欲望に支配された悪しき鏡に過ぎない。この像に支配されている限り、人の本然の内にある希望は芽吹いてこない。

＊

人は、明るさや暗さといった感覚的次元のものから影響を受けやすい存在であり、気分を晴れやかにすることで日常的鬱屈を乗り越えてきた。しかし社会自体が病んでいるとき、社会それ自体が、この「人の感覚的次元」にあるものを操作し、人をさらなる闇へと誘《いざな》うのである。そして本末転倒したこの状況は、人の相貌を暗く絶望的なものに変えてしまう。

＊

人はこのような状況に晒されると、宿命論的なものに解決を求めやすい。自分が置かれた現実を、過去の罪業のせいだと思わされるのである。このような宿命論をそのまま受け入れるならば、人は永遠に社会と世界そのものの実態から隔絶され生きるしかない。現在のどんな不足も不自由も、過去から続いている自分の生の贖《あがな》いであるとすれば、人は自分に勝る神に救いを求め、祈り続けるしかないではないか。

＊

このような問題は単に個人の領域にあることではない。人が人とともにあり、存在するものであるとすれば、過去も現在も続いているこのような問題こそ、哲学者や社会学者は考えるべきなのだ。過去の哲学なり思想の残滓の中から、あるいは経験の中から、都合のよい論理を取り出し、空疎な希望と現実肯定の言葉ばかりをならべ実態を隠蔽することはもう終わりにしよう。

＊

また、真摯な社会学者も哲学者もいるに違いないのだから、もうそろそろ次の文明への展望の上に立った「現実論」を語って欲しい。

そうでなければ、多くの意識ある人々が、「もうこの文明は限界だ」と感じていても、目前の、国家の権益、企業の利益などが、個人の感慨よりも優先されてしまう。

＊

それが変化の大きな一歩になるかもしれぬ個人の感慨はごく個人的な意見に止まり、人の存在の根幹につながる大事なものは限りなく空文化され、国家や企業の体裁をたもつものとして謳い文句だけのものになってしまう。そして、単にコピー文になり下がった言葉は、人にとって本当に必要なものを曖昧で空疎なものに変えていくのだ。

断章　２１

人の研ぎ澄まされた思考の切っ先は、どのひとつの事柄からでも、「本質的な次元」に届く。

＊地球上の、人以外の生物における繁殖は進化論的に推移する。つまり適者生存という法則により、その環境に合わせて生物そのものが変容し、あるいは進化して種を残してきた。そして、繁殖しすぎた生物は、食物の不足で絶滅する危機に見舞われた。しかし人以外の生物にとり、この地球上の最大脅威である人は、地球規模で約67億人に達した今も、この「人口問題」に対する本質的議論をしないのはなぜか。

＊国連などが行なう発展途上国の貧困と人口問題を結びつけたプログラムはあるが、それは人口問題に対しての本質に根ざしたプログラムではなく、あくまで発展途上国を支援する一環としての啓発活動である。その間にこの地球上における人という生物の数はもはや限界点にまで達している。

＊

個人的理由による人工避妊、中絶、人工受精、また国策としての一人っ子政策などはあるが、この領域のことを本源的に考えた人は数少ない。例えばエレン・ケイなどが取り上げたが、死後、優生学的であるとして批判され、またナチズムが彼女の考え方を利用したため誤解された。いずれにしても、ある種の「生物学」などに人間存在の論拠を求める考え方は、いつもどこか偏っており、デマゴーグである場合が多い。

＊

ところで人が、生物学的に他の動物と同じく適者生存の法則により支配される存在であるとするなら、６７億人は人にとって適正な数字なのか。そして、このままでよいと考える人の論拠はどこにあるのか。例えば、自然にまかせ避妊も行なわず、ただ快楽ゆえに性交を繰り返せば世界の人口はこれからも増大し続け、やがて地上にあるすべての食物を食べ尽くし破滅することは理の当然に思える。しかも、人は食物をただ食べるだけではなく、商品として備蓄し、また食物以外のエネルギーなどに変えてしまう存在でもあるのだから。

＊

一方で、個人的・社会的理由などで避妊や中絶を行う先進諸国といわれている国々では人口はそれほど増加してない。しかし、個々に行なう避妊・中絶などの行為は、どのような規範によって肯定される行為なのか。この問題は、単に人口抑制という問題ひとつにとどまらないことであり、この行為の本質に迫らなければ、単に世界の人口抑制という状況や、地域的な貧困の回避のためなどということによって、子どもを産むことを制限された女性は、「私の避妊」を認めたくないのではないか。

＊

また、避妊という限定的行為の前に、人の生殖活動とは何かをもう少し突き詰めて考える必要があるのではないか。人は単に子孫を残すためにのみ生殖行為を行なう存在ではない。人にとってのエロス的情念の発露が単に子孫を残すためのものでないとすれば、生物学的にも他の動物と重なりあう部分とそうでない部分があるということであり、そのような人の逸脱した部分にこそが、人としての独自性ではないのか。

*

さらに、人の性行為は、あきらかに生物学的基準にあてはまらないものがあり、これらエロス的情動は、なにに由来するものなのかということも未だ分かってはいない。これらの動機が解明されなければ、ただなし崩し的に、同性婚などの、現実に生起している事態を追認し、あるいは拒否していくだけになり、事態の根幹にあるものは本質的次元とは別の思惑などにより無視され続けていくことになるだろう。

＊

さらに、社会制度の上では女性は、子どもを生み育てる性として保護されているが、このようなことは当たり前のことであるのか、ないのか。過去、西洋においてはキリスト教会が、この分野の倫理的規範を一手に荷ってきた。東洋では、それぞれの宗教の規範のなかで規定され、習慣・習俗として国や地域ごとに不文律化され、定着してきた。また部族単位で生活している場合などは部族の掟が最優先され、女性性・男性性などが孕む属性は自明の理として人々の意識に刻まれてきた。現在ではこの問題は、「ジェンダー」という視点などで議論されている。しかしこの、人の存在の根幹に関る問題の議論も全般的に深まっているとはいえず、この人口問題の入口にある様々な本質的事柄が解明されないままその先の思考が停滞しているのが現状である。

＊

つまり、人の研ぎ澄まされた思考の切っ先は、どのひとつの事柄からでも、「本質的な次元」に届くのであり、これを思考停止させているのは、個々の内で抽象概念として機能している曖昧な言葉とそれにつながる論理である。つまり、今日の市場主義経済を主導している勢力、現状の意識形態を変えず利益を掌中にしようとする人々などが、この意識の範囲で今日生起する事象をパフォーマンス的に解説するものは巷にあふれているが、その思考の基盤にあるものを崩して、個々の本質的な事象を再考しようとはしない。「人口問題」という大括りな言葉のなかにも、人における無数ともいえる問題の本質が隠されていることを私たちは、もう一度初心に戻って考える必要がある。

断章22

人が発展させてきたテクノロジーは、すでに過去の人の規範を突き破り、人に新たな規範を要求する。

＊

ある年、あるテレビ番組で、アメリカが１２００億ドルもの巨費を投じて「ニフ」(NIF：National Ignition Facility)というプロジェクトを進めているというニュースを聞いた。これは一種のレーザー核融合装置を稼動させるものであり、ここで古くなった水爆を再生させるなど、これまで地球上の海や陸地でやってきた核実験を、この装置で行うことも可能だという。このニュースを聞いて、もはや「人類はまだ幼年期にあるのだから」というような、悠長なことを言っていられないと感じた。あくまですべてを征服しようとする勢力は、最早、人と自然を生み出したものにまで手をつけ、それを征服の道具に使おうとしている。

＊

それから、何年か過ぎ、こんどは、研究発見した遺伝子情報を特許にするという。もうひとつ、人間の神経細胞の動きを研究して、それを兵器に応用するという。ここまできても、この文明の破綻は明らかだと思う人の数は相変わらず少ないのはなぜか。

＊

かつて、西洋では科学を魔術あるいは呪術と呼び、人間性の内的発展、あるいはキリスト教的規範の外においた時代があった。宗教と同じく人にとって重大な要素のひとつである科学そのものの動機が深く検証されず、いわゆる近代文明というものを形成したことが、現在のような事態まで到ったといえる。人は火を手に入れ、鉄を精製し、原子力まで発見した。現在の私たちの生活の大部分はこの「科学」の恩恵の上に築かれ、またその拘束のなかで「便利の不便」を強いられている。

＊

東洋では、荘子が、人がいずれこのような道具による「便利の不便」の自縄自縛に陥ることをはるか昔に見抜いていた。荘子にとってそうしたことが可能であったのは、彼が人という存在を考え抜いた思想家であり、人における「科学」の動機を知るものであったからだ。

＊

人はまだ自分自身の意識《こころ》が何に由来するかも知らないが、テクノロジーの発達で火星や木星の近くまで宇宙衛星を飛ばせるようになり、人の遺伝子の配列まで分かっている。しかし、人にとっての天然自然たる宇宙創生の意味も、人とその宇宙との関わりもまだ分からない。この段階で人は地球そのものさえ破壊し尽くす武器のみは発達させ、その一方で知性ある人ですら己自身の心の弱さの意味を掴み得ないでいる。

断章２３

人の歴史は、ただ過ぎ行く時間の中に放り出された者の歴史ではない。良くも悪くも、積極的に個々の意識が介入し創り上げた膨大な時の集積のひとつの結果だ。

＊

過去・現在の人の営みに関わるすべては、単に「経験」として人々に寄与しているだけではない。時間軸のみで計るならば、人の歴史はただ過ぎ行くものの記憶の集積に思える。しかし、人の思考が時空を超えて行き交うものであるとすれば、人は時間軸で振り返ることのできる歴史とは異なった歴史を重ねてきたはずだ。それはいわば拡張する意識の歴史であり、この世に生を受けたすべての者が無窮のキャンバスに記してきた歴史であり、どんなにすぐれたコンピュータでも解析することの不可能な歴史だ。

＊

ところで、一切の事象に意味がなく、ただ生起するだけのものだとしたら、この世はただあるがままに全肯定され、滅び、またそのことを繰り返すのみである。若干の変化はあるにしても、人の未だ解明されてはいない本質に根ざしたあらゆる悲惨は打ち捨てられ、ただ弱肉強食の論理のみが、時々の言い訳めいた言説により補完されることになるだろう。

*

しかし、しかし、この意味づけこそが最大の問題でもある。もし邪まな者が、この歴史を都合のよいものに意味づけるならば、人の歴史が時々の為政者により歪曲・捏造されてきたように、人々はまたも暗夜のなかに生きる者になってしまう。

*

また、人の歴史をただ時間的推移のなせるものとして考える人は、どの時代にも存在したし、現在もいるだろう。いわゆる「現実主義者」と総称される彼等は、むやみに「専門外」のことを考えるより、現実で価値づけられているものに重きを置くことで、実利を得ようとする。彼らは平然と時々の覇者の下で禄を食み、平然と笑うのだ。いつの時代もそうであるように。しかし、変らない人の歴史を支えてきた半分の要因は彼等の持つそのようなしたたかさなのだ。

＊

さらに、「よき隣人」である人は常にいた。それでも社会全体が傾斜し崩れそうな状況にあるとき、人は単に「よき隣人」として振舞えばそれで事足りるということでもない。人にとっての営みのなかで温かで善良な人々はその存在自体で社会のなかに明るさと希望を与えてきた。この人々が培ってきた魂の記憶はそれ自体が豊かなイマジネーションにあふれ、幾多の創造の源になってきた。それはこれからもとても大事な価値のひとつになるだろう。しかし、それだけに寄りかかり事足りていたのでは何も変らないことも事実なのだ。

断章　２４

大衆自身にとっても、為政者の側にとっても便利であった「大衆」という匿名性によって成り立ってきた時代は終わりに近づいている。

＊確かにライプニッツが述べるように、過去においては「善なるものが、より完全な善なるものへと変化するには不完全な悪の存在が必要」という考え方は当てはまる。しかし、未来に視点を置けばこの考え方も現実を補完するものでしかない。

＊そのようにして世界の現状はいつもその時々を「善く生きる人々」によって肯定され、それゆえ人類はこれまでその数々の悪行にも関わらず、滅亡もせずその歴史を重ねてきた。それは、宗教という「規範」が、人間の不完全性を補うものとして存在したからであり、たとえそれが阿片的役割を幾分は果たしてきたにせよ、世界を構成する法も思想も哲学も、現在においてもこれほど不完全なものである以上、時々刻々、与えられた状況下で生きなければならぬ「弱い人間」にとってはいたしかたのない面もあった。

＊

だが、そうしたものによって人が補完されてきた時代はもう終わりに近づいている。人は「個」として一切を引き受け、そのことにより、個人として世界史に参加するのだ。どんな無名のひとりであったとしても、権利としてではなく、人として生まれた責任において、そうするのだ。大衆自身にとっても、操作する側にとって便利であった「大衆」という匿名性によって成り立ってきた時代は終わりに近づいている。そしてひとり、ひとりが実態ある個人として生きる日が、もう目前に迫っている。

＊

また、ライプニッツが使用している「善」と「悪」といわれているものに対して、再考してみる必要もある。そもそも、この言葉も曖昧この上ない。ライプニッツは、キリスト教的倫理規範から、善と悪という言葉を使用している。しかし、この言葉自体もキリスト教的神学などの宗教上の規範以外では深く検証されず、曖昧なままに拡大解釈、拡大使用され政治的にひとつの攻撃の道具として利用されてきた嫌いがある。

＊

ともあれ、人にこの言葉を適用する場合、言葉そのものが無意味になる。なぜなら、この世に「完全な善」あるいは「完全な悪」として生まれ、生きる人はいない。多くの人々はその時々の意識のなかで、「善」と「悪」の倫理的葛藤を繰り返し生育するものであり、人が関わる局面において善と悪との判断は可能であるが、その判断基準になるものも本源的議論がなされないまま、時々の為政者の支配制度や、時代と国に拘束された法概念などにより、善と悪に区分けされてきた。そして、この曖昧な言葉のもたらす攻撃的弊害が戦争・騒乱という形で未だ世界のなかで、実体化されている。

＊

そして、さらにいえば、この重要な言葉のもつ道徳的曖昧さが、曖味なまま通用してしまうという過去の時代の頸木《くびき》に、未だに世界も私たちも繋がれているということであり、本来の知性とは、こういう現状を変えていける知性であるはずだ。そうならないのはどうしてなのかを、知者と言われるほどの人は考える義務があるのではないか。

断章　２５

極端な不正が世界に存在する限り、イエスや釈迦や孔子の教えも、不正そのものを耐え、乗り超えていこうという人々には有効である。

＊

しかし、極端な不正を放置して、生成発展していく人類の歴史が、「時間」と「人」そのものにもっと深く根ざしたものになるならば、規範はおのずから現在あるものとは「別の次元」のものになるだろう。そこで人は、人の歴史と文明に「別の枝」のあることに気づき、変えようもないと考えてきたこれまでの「人間存在」そのものの呪縛から解き放たれるだろう。それが、これまで何千年の歴史の果てに人が手にする道であり、多分そこから、人類は別の文明に向って歩き始める。

＊

その光景の一端を予測するならば、人と自然は限り無く近づき、新たな明晰さを基盤とした哲学と規範が日常のものとなるであろう。しかし、こうした予測はユートピア的なものになりがちである。なぜなら今日の価値観でよりよきものを想定するということはファンタジーにしかなり得ない。だからこそ、今日の私たちに出来ることは「個々」に見えている現在の光景にどこまで深く踏み込めるかであり、既存の言葉の意味を「個々の内部で深め、磨き上げる」ことであり、個々が経験したものから導き出された省察を個人に即して実体化することなのだ。

*

ともあれ、現状の否定を含まずに未来を予測することは不可能に近く、今日から類推される未来は当然、未来から省みられた今日でもあるだろう。そのとき立ち上がってくる「規範」がどのようなものであれ、羨望をもって待ち焦がれるしかない。

断章　２６

人はその瞬間、瞬間に於いて他者と世界の状況に関わっている。

＊

個々にとって永続的なものがあるとすれば、それは個人の意志と、個々のうちに類として刻まれた記憶だ。

＊

極端な言い方をするなら、人はその瞬間の「実存」しか持ち得ない存在である。このように考えると、「実在」するものはすべて一瞬のうちに過去のものになるのだから、人の記憶に刻まれた「実存」の意識のみが、他者と世界に関わりつつ「更新された経験」として、さらに人の生を刻み続けていく。

＊

つまり、人はその形態と、形相により「実在」しているが、人の精神は、一刻も「実在」という形をとることはない。人はその生の状況により個別に何事かを経験し、あらたな「個人」として日々更新されていく。この個人の内的な変化には誰も関わることができないが、そこで獲得された意識の有様は個人と他者の意識と交差し、時代を創造していく。そして、それがすでに獲得された意識である場合は、単に過去の人に対する認識を裏づけるものとして個人を形成するに止まるだろう。

＊

一方、不断に変化する意識である個人に属するものは、操作することも可能である。いや、むしろ多くの形成過程にある未熟な精神は、容易に操作されてしまう。なぜなら、それらの人々は、まだ「自覚する個人」ですらなく、ごく個人的な情動や欲望、不安や恐怖に支配された者であり、大多数の中の一人であることに安心する者であるからだ。

＊

たとえば、過去の歴史を概観しただけでも、それら多くの「大衆」は、時の権力者に容易に操作され、「衆愚」の強みを発揮して、権力者に寄与してきた。多くの権力者たちはいわゆる「大衆」にあまり「利口」になってもらうと困るので、操作の一環として宗教や、教育、そして人の恐怖心や不安感を上手に利用した。そして、未成熟な民主主義社会のもとでは、民主主義の大義名分の下に、彼等を多数者として正当化されたシステムのなかで機能させる。

＊

また宗教は、人間の、個人としての限界性を教え込むのに役立ち、教育は時の権力に都合のよいデマゴーグとイデオロギーを教え込む場として活用される場合も多かった。そして、過去の哲学者や思想家たちがあまり踏み込むことのなかった人間性の本質に根ざした恐怖や不安は、その曖昧さゆえに尤も多くの権力者が利用してきた。

＊

さらに、死も病も貧困も、当事者以外には実態を明らかにされず、多くの場合、ある囲いの中に隠蔽され続けてきた。人が個人として向き合わなければならないものが、一種の儀礼的なものや、マスメディアがたれ流す大括りな活字の衣で覆われ、人々は、存在の根本を成している切実な生きる動機そのものを奪われてきたのだ。

＊

そして、さらに「国家」とか、「国境」などの言葉は、時代に拘束され、時の権力者の意を受け、学問の場においてすら、それぞれの意見以上には追求されず放置されてきた。そして、これらは、概念自体が正確に規定されないまま、人々の精神の発展を権力者に都合のよい範囲で停滞させたのだ。このような、人間性そのものに対する壟断《ろうだん》が、過去何千年も続いてきたのである。

＊

真摯な哲学者も、思想家も、社会学者もいたはずである。にもかかわらず、人間も、人間社会も、科学技術の発展と、その方面の知的探究心には何のフィルターをかけず無制限に発展させてきた。そして自由主義経済という「怪物」を育ててきたのだ。さらにいえば、

「共産主義国家」においても、「独裁国家」においても、「国の威信」「国力の増大」の謳い文句の下で、個々の生の内にある存在の動機そのものを考慮せず、地球さえ破壊させかねない核兵器などの軍需産業や、人間を含む生物全体の遺伝子操作さえ可能な生物学などを発展させてきた。

＊

しかし、個々の精神と意識に関わる人文系学問の発達は、権力者自身にもそれを庇護する理由が不明のまま、また、まかり間違えば自分たちの足元を救われるという恐れから、志ある個々の探求にゆだねられ、衰退していく傾向にあった。

＊

その傾向が顕著になったのは19世紀後半、マルクス主義などの革新的思想を標榜する者が台頭し、革命や動乱が起り、権力者たちは、さらに巧妙に人文系学問の空洞化を計るようになったのではないか。

そうでも考えなければ今日の人文系知性の停滞は説明ができないし、もし別の理由があるのだとしたら知りたいものである。

断章２７

人類の意識の拡張としてのテクノロジーの発展は必然であった。

＊荒れ野に生まれた非力な存在である人は、未成熟な発達の段階で、征服・破壊などを繰り返し、それとともにテクノロジー自体も、あるときは戦争の道具として、またあるときは産業革命以降の市場原理主義的動機などで発展してきた。現在は環境問題などでそれらのテクノロジーの否定的側面が強調されているが、新たに育まれる人文系知性によりよく生かされる可能性もある。

＊人文系知性と言ったが、それに止まらず、多くの人々が、文明の発達途上の段階では有害に思えるテクノロジーも、人の生きていく目的が再考され、新たな価値観によって社会の姿が多様に展開されるならば、有益なテクノロジーに転換できるはずだ。ただ現在は、いくばくかの配慮と商業的戦略によってそれらしい方向性を示唆しているに過ぎない。たとえば環境問題に配慮したエコカー、消費電力に配慮した電球などによって。

＊しかし、インターネットなどの普及により、個人の情報量が飛躍的に拡大し、「考えるほどの人々」は、それらによって権力の隠蔽の実態と、現実の諸相を過去の誰よりも多く知ることが可能になるなど、テクノロジーが、良くも悪くも古代の呪術のごとくに極めて分かりやすく人の生活に作用し始めたのが現在であり、だからこそ改めて「科学」の成果であるこのテクノロジーを人は再定義し、新たな時代の規範の下に甦らせる必要がある。

＊なぜなら、こうしたことは、政治の問題というより、官僚体質の問題というより、個々の自覚の問題であり、理想の問題であり、さらにいえば知性の領域の問題であり、人の根幹に関わる問題である。それはまた、既存のものである人類数千年の歴史を、意識の上で踏破したところに開け、歴然と見えてくる「本質的な次元」の問題であるからだ。このようなことを踏まえ、この問題が多くの意識ある

人々の共通認識になれば、21世紀初頭に到るまで、破壊に破壊を重ねてきた地球環境の復元なども今世紀中に可能になるだろう。

＊

楽観的ともいえる予断だが、逆に考えれば、人が、今まで隠された羅針盤を自らの手に取り戻すならば、簡単すぎる課題かもしれない。なぜなら、人は、これまでも違う方向指示器のもとでもっと激烈な変革も行なってきた存在であり、それはこれまでの歴史のなかで証明されている。

断章２８

今こそ人は「自らの内なる意識と精神」を磨き上げなくては、個としても、人類としても生きていけない時代に、私たちは初めて遭遇しているのだ。

＊

「精神や知性」という言葉は知らなくても、心の内に情けを宿した人々が、善意で助け合う光景が、この不穏な社会に光を注いできた。「正直で、恥を知る」、そのような人々がこれまで、この世界をかろうじて存続させてきた。しかし、これら小さな花園のなかにあった「無辜《むこ》の民たる人々」も、状況により変貌する。民族同士で相争った旧ボスニア地域、中東地域、アフリカ諸国などの、とある花園に生きていた人々も、扇動され、身内を殺害されれば、かつての仲間に銃口を向ける。だから、再び、何度でも言おう、人は、「自らの内なる意識と精神」を磨き上げなくては、個としても、人類としても生きていけない時代に、私たちは初めて遭遇しているのだ。

＊

あらゆる事象がそのことを指し示しているのだが、大多数の人々はそのようなことにはまったく無関心であるか、自分には関わりのないことだと思っている。それは目前にある生活の問題を日々解決する必要に迫られているからであり、現代に生きる私たちの生活は、このような「本質的な次元」の問題を考えるには、あまりに忙しい日常に晒されている。なお且つ、社会は複雑さを増し、人々にとって日々の糧を手に入れることを優先するならば、事の本質に目を向けることは邪魔でさえある。

＊

しかし、このことは、人間存在の第一義である「社会的存在としての自分」の半分を手放すことと同じである。個々がそのような存在としてただ現行のシステムの一部として機能することを願っている人々には一見喜ばしいことに思われるが、実際はこの世界の事象の根本と繋がっている個人が、人としての本来的力を失うということであり、個々の集合体でもある社会は総体として疲弊していく。つまり衆愚政治が機能していた時代は終わりに近づいているのであり衆愚を統制し、事足りていた時代は過去のものになりつつある。

＊

だが、人々の無知と純朴さに付け込むような政治状況がこれからも意図的、また無意識的に放置されるならば、複雑化している社会のなかで自らの命の根幹に立ち戻ることを忘れた人々は、いたずらに攻撃的、欝的になり、やがては自分の生を意味づけられない欠乏感から、死を願うようにもなるだろう。まさに、人はパンのみで生きる存在ではないからだ。

＊

また、人が人に敵愾心を抱く最大の理由は、自己が脅かされるという恐怖感である。古来権力者は、この「人の生存本能」に基づく敵愾心を上手に煽り、人々をひとつの集団の下に統治してきた。そのことは現在及び過去の歴史を見れば歴然としているのだが、単に、歴史を学んでも、それを個々の問題として掘り下げない教育や為政者たちの下で、多くの人々は、足りていないものを、足りていると錯覚させられた。

＊

このような衆愚政治、衆愚教育が今後も続いていくならば、それは「人々の死」を意味するほどの重要な問題なのだ。人はその本源において倫理的存在であり、精神的存在であり、明確に定義されなかったにしろ、そのように自覚する人が少なかったにしろ、それらのポテンシャルを内にもっていたがゆえに、これまで数々の愚劣なる行いを重ねてきたとしても、人の歴史を重ね、人たりえてきたのではないだろうか。

断章２９

今日の生は、生活次元で生起する日常的事柄に覆われ、その本質を隠している。

＊

多くの人々は日常的に起る分かり易い事柄のなかで暮らしている。生活次元で起る日常的事柄の是非を考える人はそう多くはいない。人の日常は過去も現在も結構忙しい。今日日本では、多くの人々はより良い暮らしをするために働き、狭い人間関係のなかで疲弊しても、「給料を貰うために」とたいがいのことは我慢し、たまの休みさえ気晴らしをするぐらいである。だが、世界的に見ればその日常的次元にまで入り込んだ価値観の曖昧性のなかで民族紛争が起きたり、難民が生まれたりしているのだ。

＊

人はこの日常的次元にある事柄を「生活」と呼び習わし、そこに起る現象にのみ幸福感を懐き、日々の不足を嘆いたりしている。そして、たとえこの現実の生活が不合理このうえないものであったとしても、この泥の沼にとられた足をけして自ら抜こうとはしなかった。

＊

もちろんそうでない人々はいた。この現実を、この日常をもっと生きやすいものに変えようと革命を起こしたり、変革のために命をかけたりした。しかし、その人たちの発想の源にも「生活次元で働いている日常性」という価値の呪縛は、無意識のなかで働いていた。それらは、歴史的時間の推移のなかで、制度や習慣、習俗などとして培われたものであり、人としてごく当たり前の日常の姿を形作ってきた。しかし、この領域にさりげなく紛れ込み、人の意識を停滞させてきたもの、それが問題なのだ。

＊

たとえば、黒人解放運動などに命がけで戦った人々、いろいろな運動の大義に殉じた人々の生活次元のなかに、検証されずに放置されてきた女性蔑視などの差別構造や因習そのものを、自らのアイデンティティとして文化的価値の側面のみ強調し、放置してきた問題など、そこに意識的に介入し人々を煽ってきたものが、現在も私たちの日常生活のなかに存在しているのだ。

断章３０

カナリアが世界を変える。

＊

考える人々にとっての知識も情報も、もう十分過ぎる。問題は現時点での事柄のひとつ、ひとつをどこまで深く掘り下げられるか否かだ。雑多な情報をいくら知ったとしても何の役にもたちはしない。知識も同じである。枝葉末節まで論証しようとする学者なら兎も角、そういう知識をいくら溜め込んだところでそれを総合的に俯瞰《ふかん》できる教養と哲学、感性がなければ知識それ自体が人を形成することはない。

＊

ここに「したたか」という言葉がある。この言葉を掘り下げてみれば、この相貌は、限りなく「悪」に近いものになる。この現実のなかでは、「したたか」であるということが熟練と混同され評価される場合が多いが、しかし、それは「経験としての悪」を蓄積した結果なのであり、「したたかな人」は時々の現実に即しての裏切りも、人を陥れる嘘も平気でつける。この意識の根底を成しているのは、実利に基づいた現状肯定であり、人としての情けや道徳的なものは、単なる飾りにしかすぎない。

＊

人が経験する多くの出会いのなかで、この相貌を持つ者との出会いは、ときに命とりになる。なぜなら、この相貌は、「したたか」であるという一般的な言葉ほどに分かりやすくはなく、ときに善良な仮面をつけ、ときに達人の仮面をつけて近づいてくるからだ。

＊

しかし、人はこの出会いを通じて自らの経験を、より深く検証することもできる。この経験をさらに掘り下げれば、人は、自らの意識とその曖昧性までも知ることができる。このしたたかな者の持つ意識は、敏感で繊細な人の意識とは対極にある。だからプラトンがどう言ったにしろ、この世という坑道の入口に生きる「鋭敏で繊細なカナリア的感性を持った人」が強靭になり、このしたたかな意識のふてぶてしさを乗り越えるしかない。

＊

ちなみに、私にとっての「カナリア」は、プラトンが彼の「理想の国家」から追放したアーティスト的感性を持った芸術家・詩人などである。なにをもってプラトンが芸術家を、激越に批判したかは判然としないが、ともあれ当時のプラトン的価値観から逸脱した人々の中にこそ私は未来を築き上げる可能性があることを予感している。つまり誰よりも早くこの世に満ちる毒を感受し、一命を賭してそのことを世に伝えるという役割を、カナリア的感性を持った人は荷なっているということだ。

断章３１

いずれにしても一人にとっては、その一人が最初であり、すべてはそこから始まる。

＊

そして、その個の数だけ窓はあり、その窓は永遠に向かって開いている。ここまで度々記してきたように、個人は、本来的には、それ自体でひとつの宇宙と同列のものであり、個人に内在する可能性は果てしがない。しかし、個人は一人だけで生きているのではなく、常に他者からの介入を受けているし、その時々の社会制度の中で生存している。この人という存在の複雑な生存形式は、ときに問題の所在を別のものにすり替え、ときに価値そのものさえ反転させる。

＊

だからこそ、ときには自分がこの世で最初に生まれた人であるように、自分と社会を省みることが必要である。そうした次元から見えてくるものに、これまでの人の歴史や自らの経験を加味して考えていく必要がある。そしてまた、そこからのひとつの認識も、ひとつの手掛かりにしかすぎないことを知るべきなのだ。

＊

このようにして、人に関わるあらゆる問題はまた原点に戻っていく。

そして、限りのない経験を個々の内部に蓄積し再び考察を始める。

その認識の形態は、図形的な螺旋《らせん》を描き、事象の中心に向う。

＊

それからまた、既存の言葉も論理も無用になった幻想の未来には、

人は新たに生まれた、ただひとつの心のこもった言葉を携え、それ

だけで繋がる存在として再び地上に解き放たれるだろう。一頭の象

のように、一尾の魚のように。

了

あとがき

私の中には、昔から名づけようもない強固な「規範」があった。それを「規範」と呼ぶことにいささかの躊躇はあるが、今ある言葉の中では他に適切な言葉が見つからない。

「規範」は、幼いときからずっと私自身の考えることと、私と交わる人々の、感覚、意識を静かに見続けていた。「規範」は私のなかにただあり、なにも語らなかった。ただ、私はその「規範」があるがゆえにいつも他の人々とは違っていた。有体に言えば、私はけしていわゆる「世間的」なもののなかで生きたことはなかった。私の家族は世間そのものの中で生活していたし、その子どもである私も形の上では家族とともに「世間」のなかで暮していた。しかし、私の意識は家族とも「世間」とも離れたところにあった。そのことで若年の私は生死に関わるほどの内面の葛藤を味わうことになった。しかし、私は自分の生の刻々の時間のなかで「私の経験」を積み重ね、その瞬間、瞬間に変化し、そしてさらに私であることの意味を学んでいった。

17歳の誕生日に、学校を辞め、家を出たとき、若いなりに自分があらゆる世間の規範から飛び出し「ひとり」になったことを認識していた。そのとき私の水色の小さな旅行カバンの中には、ヴィニーの『ステロ』(岩波文庫)があった。ステロは、詩人として世の中で身を立てることができず、世間の価値観のなかで暮らしている人々に散々に自尊心を打ちくだかれ、詩人としての誇りを守るために自殺する。この一冊は、17歳になったばかりの私の覚悟というべきものであった。

ともあれ、私たちはそれぞれの置かれた生そのものの状況に応じて、何十億通りの解のなかから「自分が選択した解」を生きる者であり、私自身も、その解に導かれてより普遍的なものに少しでもたどり着けたとしたら幸運である。

最後に、この本を刊行するにあたり、助力をしてくださった友人たちに改めて「ありがとう」と申し上げる。それから、最初のテキストを読んでくださり、「美しい本にしなさい」と激励してくださった哲学・美学者にして詩人の今道友信先生。著者自身が混迷の極みに陥った時期、真剣かつ熱意を持ってテキストを読み込み、適切なアドバイスをしてくれた優秀な編集者であり、歌人の松村由利子さん。悪戦苦闘の校正作業に日夜付き合い精魂傾けてくれた30年来の畏友津田みや子。この方々に最大限の感謝の言葉を贈りたい。

2008年　発刊日に著者

カナリアノート

著者………東郷 禮子

発行日……２００８年１１月１日初版

発行者……「カナリアノート」を刊行する会

発行所……レイライン

〒213-0022　神奈川県川崎市高津区千年 324-1-402

TEL 044-788-6814　　http://www.leyline-arc.com

印刷・製本……中央精版印刷

乱丁・落丁本は、ご面倒ですが小社までお送りください。

送料小社負担にてお取替えいたします。

価格はカバーに表示してあります。

ISBN978-4-902550-10-8　C0010